마음 한 그루

시와소금 시인선 171

마음 한 그루

ⓒ유임종, 2024, printed in Seoul, Korea

초판 1쇄 인쇄 2024년 9월 05일
초판 1쇄 발행 2024년 9월 10일
지은이 유임종
펴낸이 임세한
펴낸곳 시와소금
디자인 유재미 정지은

출판등록 2014년 1월 28일 제424호
발행처 강원 춘천시 충혼길20번길 4, 1층 (우 24436)
편집·인쇄 주식회사 정문프린팅
전화 (033)251-1195 / 휴대폰 010-5211-1195
전자주소 sisogum@hanmail.net
ISBN 979-11-6325-081-4 03810

값 10,000원

·이 책은 강원특별자치도 강원문화재단 지원금으로 발간되었습니다.

시와소금 시인선 · 171

마음 한 그루

유임종 시집

시와소금

▌유임종 시인

- 송월 유임종
- 울산 울주 출생
- 월간 모던포엠 신인상으로 시 등단
- 월간 수필문학 수필 등단
- 월간 모던포엠 이사. 수필문학작가회 부회장. 한국, 강원.
  강릉문인협회. 산림문학, 관동문학, 영동수필 회원
- 모던포엠 문학상 특별상(시 부분), 동 문학상 금상(수필 부분)
- 시집 〈꿈에 살리라〉 〈머물다 떠난 자리〉
- 수필집 〈앵무새가 우는 까닭〉

- 전자우편: you-ij@hanmail.net

　시인은 상상에서 하나의 작품을 완성하고, 그 작품을 통하여 자신의 내면을 독자에게 전달한다. 그러하다면 시의 존재와 가치는 어디에 있을까. 그것은 곧 시인의 마음속에 있다고 본다.

　한정된 지면이 독자의 마음을 움직여 많은 사람들이 감동한다면, 그것은 바로 시인의 책무와 시의 목적이 완성 되었다고 할 것이다. 그러나 그것은 자연과 인간의 순수한 조화 속에서 이루어지는 것이다.

　시는 자연에다 진실을 접목한 것으로 본다. 자연은 늘 아름답고 순수하며 순리에 따라 변화한다. 그래서 서툴지만 자연을 노래하는 서정적인 시를 만들려고 열심히 노력하였다.

　나는 이미 한 권의 시집에 주사위를 던졌다. 자연의 풍치와 울림 그리고 향기와 맛의 느낌을 독자에게 보내고 싶었을 뿐이다. 앞으로 짧은 한 마디가 긴 여운을 남기는 그런 시를 지어볼까 하니, 독자 여러분들의 많은 시평과 성원이 있기를 기다릴 뿐이다

2024. 8.
송월 유임종　드림

| 차례 |

| 시인의 말 |

제1부 엄마야 누나야

제2부 그대란 꽃

제3부 액자 속 가을

제4부 상상은 자유

제5부 해변의 별미

제 **1** 부

엄마야 누나야

고향 마을

날 낳아 품어 키워주신
어머니 가슴 같아서
멀리 있어도 가까이 있어도
언제나 기억 속에 머물고 있다오

복숭아 살구꽃이 피고
산과 들에 가을이 익는
아버지 어머니 사시던 곳이라
시도 때도 없이 가고 싶다오

마음 붙일 곳이 없는 떠돌이
늘 고달픈 심정이기에
해가 갈수록 시리고 아파서
자꾸 남쪽으로 눈길을 돌린다오

고헌산

나 어린 날에 지켜보면서
날 키워온 하늘로 올라가는 산

고불고불 나의 소발구 길이 있고
나물보따리를 이고 내려오던
동네 누나들의 좁은 길도 있다

곰지골, 대통골, 영구골
내 집처럼 드나들던 그 골짜기
산새들은 아직도 골골이 울면서
오는 봄을 기다리고 있겠지

진달래, 도라지가 김소월을 찾았고
지게다리 장단의 '한많은 대동강' 은
아직도 변함없이 불러지고 있겠지

산은 옛 산 그 때 그 모습인데
나만 어이 흑발이 백발 되어

사무치게 너를 그리워하고 있을까

* 고헌산 : 울산 울주에 있는 산으로 곰지골, 대통골, 영구골이 있음

기제일

오늘은 섣달 열이레
어머니 기제일이라
상여 떠나던
그날처럼 날씨가 매섭다
형제가 멀리 떨어져 있어
혼자 초불 켜고 향 피워
진수성찬 차려놓고
어머니 오시기만 기다린다
꼭 오실거란 믿음으로
방문을 열고 대문을 열었건만
어머니는 오시지 않고
가로등 그림자만 따라온다
7남매 6형제 키우느라
사진 한 장 못 남기시어
병풍 앞에 종이명패 붙여놓고
어머니를 불러본다
잔 채워 제상위에 올리고
영혼이라도 반겨 주리라 하고서

엎드려 공손히 절하며
사나이는 속으로 울었으나
촛불 두개만 불효자식 대신하여
문득 바람에 눈물을 떨군다

마을 풍경

탄생의 환호성은 도회로 이사 가고
내가 다니던 학교 운동장에는
잡초들이 앞 다투어 키 재기를 한다

자연을 빼고는 모두 없어졌다
앞집 희야도 옆집 순이도
뒷집 칠성이 까지도
그 때 그 모습은 찾을 수 없구나

파란 기와집도 빨간 양철지붕도
한집 건너 한 집은 속이 비었고
마을 꼰대들어 성깔에서
한심한 갑 질이 맥없이 무너진다

농사일은 동남아에 하도급 주고
유행 따라 지팡이 밀차가
팽나무 그늘에 모여 앉아
자랑은 그만두고 흠집만 긁는다

노란조끼 일터에다 연금까지
챙겨주는 갖가지 복지혜택으로
멀리 있는 손자에게 용돈 주는
그 맛에 재미 부치고 살아간다

사랑하는 마음

해가 묵을수록 손때가 묻어
반질반질한 나무지팡이 같이
내공에 삶의 지혜가 가득차서
침실같이 잘 길들여진
그런 사랑이라면
가슴 아파도 잘게 썰어
내 명의로 공개 분양 할 거야

어떤 이가 당첨될까

그냥 미분양으로 남는다면
마음 편한 이웃에게
전세나 월세는 어떨는지

만약 그도 저도 아니 된다면
장미처럼 아름답거나
무지개처럼 화려하거나
목소리 고운 앵무새 같다면

을사 좋다 웬일이냐 하고
덥석 잡고 안아볼까 하노라

순

나 어릴 적 봄날에
마당에 금을 끄어놓고
옆집 순이 더러
넘어오지 말라고 하였다

순아!
네가 이 금을 넘어오면
우리는 헤어진다고 했다
순은 금을 넘지 않았다

그런데
반세기를 넘긴 지금까지
순을 만나지 못하고
소식은 아주 그믐밤이다

아직
덜 지워진 선 넘어
순의 모습이
정말 보고 싶구나

그냥 그날의 순으로
단 한 번이라도 좋으니
제발 내 앞에
돌아와 주면 안 될까

어머니 마음

뜬구름 잡던 어린 날
우아하고 인자한 모습으로
잠자는 내 옆에 앉아
눈길을 이마에 내려놓고
이불을 다독여 주시던 어머니
엊그제 두둥실 보름달이
호수위에 아른거릴 때
열두 마리 그리움을 몰고
희미한 꿈속에서
잠간 아들 찾아왔다
신기루처럼 살아지신다

은하수를 건너서
멀고도 험한 길 오셨다는데
그냥 보내기가 서운해
흰쌀밥에 고등어 한 토막
다 잡수시고 가시라하였건만
난 배고프지 않으니

너나 배불리 먹어라 하신다

꿈속에 찾아오신 우리 어머니
끝까지 거짓말만 하고 가시네

엄마야 누나야

나와 엄마와 누나
비온 뒤 봄날 새벽 녘
고헌산 영구골 넓은 기슭에서
초록을 깔고 앉아
꿈을 키우며 가난을 캐던
그 작은 욕망들

긴 세월이 훌쩍 지난 지금에
엄마도 누나도 가고
나 홀로 남아서
아련한 그날을 되찾으려고
잊혀 가는 기억들을
하나씩 불러 옆에 앉혀 놓고
바글바글 속을 끓인다

오래 된 추억의 한 타래가
풀릴 듯 말 듯
나의 뇌리를 맴돌다가

마침내 느낌표 하나를 찍어놓고
허공으로 살아진다

메마른 속세에 그늘진 내 영혼
영구골 기슭에서
엄마야 누나 야를
메아리처럼 목 놓아 불러본다

* 고헌산 : 울산 울주에 있는 산

한(恨)

그립다
보고 싶다
호들갑을 떤다 한들
까마득한 그 옛날
연민의 정을 다 비우고
꽃상여에 실려
저승가신 울 어매
꿈이라도 좋으니
날 한번 보고 가소서

그제 왔다
오늘 간다고 한들
어느 자식 마다할까
꽃피고 새우는 봄날
만사를 제쳐두고
나들이 한번 오셨다가
이 불효자식 지은
따끈한 밥 한술

사양 말고 들고 가소서

온다던 울 어매

아무리 오지 말라고 애원하였으나
봄은 바람타고 다시 오고
그렇지 말라고 간절히 빌었건만
매화는 눈 속에서도 잘도 피더라

세월이 간다고 두 눈을 가려도
소리 소문 없이 봄은 오고
피어나지 말라고 그렇게도 말렸건만
진달래는 옷깃에 숨어서도 피더라

시절 따라 봄은 간다하지만
때가 되면 다시 오는데
금방 갔다 오마 하시던 울 어매
달이 가고 해가 가도 왜 아니 오는가

제 2 부

그대란 꽃

향기

애매모호한
그대와 나 사이
누군가 눈치 채는 순간
어이 없이
불쑥 찾아와서
공허한 내 가슴 안
마음 끝동에다
세월에 꺼지지 않는
모닥불을 피우고
들깨 잎 향기를
마구 뿌려 본다오

나 지금

세월이 거꾸로 간다면
나 지금
그대에게 사랑을 고백 할 거야
무진장 좋아한다고

세월이 거꾸로 간다면
나 지금
그대에게 마음 전부를 줄 거야
눈곱만큼도 남기지 아니하고

세월이 거꾸로 간다면
나 지금
그대와 떨어지지 않을 그에요
접착제로 붙인 것처럼

그대란 꽃

차갑고 매서운 서릿발이
무너지는 해변의 달빛에서
아름답게 피었던 그대란 꽃
남자 출입금지구역에서
순수와 정숙을 담아 핀다

청순하고 우아한 꽃
드디어 연정으로 다시 핀다

비좁은 내 가슴에 꽉 채워진
미쳐버릴 것 같은 추억들
한꺼번에 끄집어내어 불사른다

세월의 흐름 속에 잎 진
나목처럼 볼썽사나운 나에게
그대란 꽃은 어찌
아직도 향기를 피우며
해맑은 미소만 던지고 가느냐

꽃길이 아니더라도

어느 친구의 신년인사 메시지이다
복 많이 받고 건강하고
새해엔 꽃길만 걸어가라고 한다

벌 나비 춤추는 꽃들의 축제가 열린다
그 사이로 천천히 걸어간다
향기는 잡탕이나
그들의 자태는 아름답고 황홀하다

봄꽃, 가을 꽃, 풀꽃, 나무 꽃
섬세한 것도 있고 허술한 꽃도 있다
호박꽃도 있고 양귀비도 있어
한참 동안 구름 위를 걷는다

넓은 한 떼기 장미 꽃밭
꽃과 꽃 사이를 벌거벗고 걸어본다
순간 돌풍에 방향 감각을 잃는다
정신을 차리고 보니

사방에서 가시가 피를 토한다

보기 좋은 꽃은 눈총을 맞고
향기로운 꽃길엔 늘 재앙이 따르니
꼭 가야할 길이라면
꽃길이 아니더라도 좋으니
머뭇거리지 말고 곧장 가라고 한다

낙엽

과거를 회상하며
훌훌 다 털어버리고
싱그러운 짐 내려놓고
바람 따라 정든
한 세대를 떠나는
그대는 아름다움 보다
먼저 쓸쓸함을
감추지 못하고
미지의 세계를 찾는다

잎사귀란 한때 이름이
발그레 화장한 얼굴로
눈길을 끌었던
관객 앞의 화려한 그대
폴폴 날아서
구석 바닥에 살며시
내려 앉아
낙엽이란 이름표를 단다

밟고 밟아도
대굴대굴 구르는 습성
쉽게 버리지 못하고
나를 반기는 그대
영혼이 순수하기보다는
세상물정에 찌들은
슬픈 나그네처럼
마냥 쓸쓸해 보이는구나

동창(同窓)

앳된 그 모습들
세월 속에 묻어두고
미소처럼 끌어내어
한 송이 꽃인 냥
향기로 가슴을 뒤척인다

비단결 같은 성깔
새록새록 쌓인 추억에다
정감을 묻어두고
파도처럼 넘나든다

만나고 헤어진
인연이라기보다는
그리운 과거로 남아
다시 볼 수 있다는
희망을 가져다주는
우리들 사이를 말한다

맛

카페 창가에 앉아
하염없이 내리는 봄비 사이로
하나 둘 친구를
불러 모우는 한심한 사나이
찾아오는 친구에게
대뜸, 요즘 어떠냐고 묻는다
첫 번째 친구는 살 맛 난다
두 번째 친구는 죽을 맛이다
세 번째 친구는 요즘 꿀맛이다
네 번째 친구는 소태맛이다
맛도 많고 탈도 많구나 싶어
내 맛은 어떠냐고 되물어 본다
네 맛은 소금 맛이지
가만히 생각해보니
짠돌이 같은 내 일상에는
그게 정말 맞는 답이다 싶어
웃지도 울지도 못하고
그저 친구들에게 인상만 쓴다

순정

혼자 온다고 하더니만
네 순진하던 열아홉 순정을
한 아름 안고 왔기에
얄밉기도 하고 반갑기도 하다

한때 그대 배웅에서
그냥 통째로 내게 다 주겠다고
철석같이 약속하더니
이제 와서 어찌 돌려 달라 하는가

낌새를 알아차리지 못하는
가슴으로 번져오는 슬픈 순정
어차피 주고받지 못할 바에야
그냥 가져가고 싶구나

친구야

친구야
난 그대가 있어
늘 외롭지 않단다

친구야
난 그대가 있어
늘 함박웃음을 짓고 있단다

친구야
난 그대가 있어
늘 무지무지 행복하단다

친구야
난 그대가 있어
늘 부러울 것이 없단다

친구야
난 그대가 있어
늘 바라보는 내일이 있단다

보쌈

그믐밤
몰래 침입한 무법자
달덩이 같은
그대를
난 훔쳤노라

아름다움은
손으로 만져 보아도
예쁜지라
그대를
난 훔쳤노라

눈여겨보다
두루 구색이 맞아
미인이다 싶어
그대를
난 훔쳤노라

제 **3** 부

액자 속 가을

내 마음은

얼른 품에 안고 싶은
강인한 집념이
나에게 도깨비 방망이
하나만 준다면
암시하는 주술을 따라
맨발이라도 끝까지
그대를 쫓아 갈 것이다

사막의 모래언덕이나
남극 아니면 북극
설령 무한대 우주 공간의
한 구석이 될지라도
그대를 만날 수만 있다면
눈에 쌍심지를 켜고
특급으로 달려갈 것이다

기다림

지루한 봄비가 시간을 훔친다

홀로 색 바랜 카페 창가에서
기다림에 이골 난 사나이
잔속의 하트를 찌그러뜨리며
기분을 삭이지 못하여 안달이다

김서린 유리창에 그린 얼굴
눈에 쌍심지를 켜고
비좁은 공간을 오락가락하면서
용케 참은 미움에 절인 마음
누군가 오기만을 기다린다

비속을 달리는 희미한 운전석
얼핏 보아 찾는 모습 같아
출입문에 시선을 박아보지만
금방 들어 설 것 같은
그대는 아니 오고

기다리는 마음만 뒤숭숭하다

비 멈춘 밖은 어둠이 깔리고
안은 구성진 멜로디가
타다 남은 내 불씨마저 삼킨다

사나이는 박차고 일어나
씁쓸한 표정으로 계산대를 향한다

봄 냄새

천천히 오라고
그렇게도 일러두었건만
기어이 그대는 오고
향기를 팔던 매화는
먼 산 눈 녹듯
슬그머니 지는구나

이제나 저제나
내내 기다리던 그대
꽃비가 남산에 내리니
햇살을 맞이하며
무덤가 슬픈 아지랑이로
숱한 냄새를 피운다

바람 멈춘 양지에는
고양이가 실눈을 깔고
탱자나무숲에는
참새들이 수다를 떠는데

눈 먼 노인네는
은근히 봄 냄새를 즐긴다

액자 속 가을

눈길 자주 드나드는 곳에
가두어 둔 풍경
액자 속 가을은 익어만 간다

초가집 옆구리 수로를 따라
무게의 낙하로 물방아는 돌고
수건 쓴 할머니 마당에는
오곡에 고추가 말라간다

벼 베는 옛날 농부
아낙의 새참이 그리운지
연신 허리를 굽혔다 편다

붉게 물든 먼 산골짝이
외줄기 하얀 폭포가 그려지고
담장에 기댄 감나무엔
잎 대신 홍시가 열린다

사시사철 변함없는 그 모습
풍요와 행복의 원천이라
나 오늘에야
너를 그림으로 보지 않는다

운명의 장난

무너져 내리는 설산에 깔려
목숨을 잃을 지경에 이른
불개미 한 마리
행복했던 지난날을 반추하면서
그래도
삶의 터전을 지키겠노라
끊어져 가는 허리를 비틀어 가며
제설작업을 하지만
역부족임을 알아차리지 못한다
그것은 바로
미래란 알 수 없는
양파 같은 세상이기 때문이다
그 개미의 죽음에 대하여
나는 불쌍히 생각 해 본 적이 없다
그 까닭은
어차피 사람인 나 자신도
언젠가는 최후가 올 것이니
이걸 두고 세인들은

쉽게, 운명의 장난이라고들 말한다

월천의 달

검푸른 바다를 뚫고
파도를 헤집고 솟은 달
해망산 솔숲에서 분장을 하고
월천에서 한 밤을 맞는다

월천에 담긴 달
예전에 보던 달이 분명한데
흘려간 사연을 지우지 못하고
방황하다 몸져눕는다

밝고 밝은 달이
월천에 빠져 허우적거리다
밤 안개꽃으로 피니
보란 듯 야경이 휘황찬란하다

선골 굽은 칠 십리
굽이굽이 쉼 없이 흘러온 옥수
월천다리 밑에 다 모여

바다 냄새에 취하여 춤을 춘다

달빛에 젖은 월천
나를 안고 지금도 아롱거릴까

* 월천, 해망산, 선골 : 삼척에 있는 하천, 솔섬, 골짜기임.

속상하다

좌절과 방황의 시절에
철없던 내 청춘을 훔쳐 달아난
그대의 심사가 역겨워
외나무다리에다 그물을 쳤더니
얄밉게도 걸려 넘어지더라

남 보기가 두려워
일부러 모르는 척 한 건데
아쉬움도 그리움도 팽개쳐버린
엉덩이 뿔난 망아지 투정이
어찌하여 이리도 속을 태우는가

즐거웠던 지난날의 그대와 나
추억을 지우지 않으려고
카메라에 담아 액자에 옮겼더니
실물처럼 오래오래 남아서
텅 빈 내 속만 후벼 파는구나

이별의 서곡

마음은 둘이 아닌 하나라 하더라

봄바람은 순진한 척하면서
산 넘고 강 건너
산새가 울고 떠난 자리에
철쭉과 목련을 나란히 피운다

앙증스러운 이런 저런 핑계로
주겠다 못 주겠다
서로가 끝까지 우기면서
네 청춘만 아까우나
내 청춘도 아깝다 하니
닫힌 마음을 슬쩍 열어주더라

참인 줄 알고 덥석 받았더니
까놓고 보니
그게 이별의 전주곡이더라

호수와 달

꽃을 든 아름다운 그대가
홀로 경포대에 쉬고 있을 무렵
호수 위에 뜬 보름달은
밤의 깊이에서 산책을 할 것이다

호수에 빠져 감기든 달
건져 나뭇가지에 걸어 말렸더니
달덩이가 주렁주렁 열려
날 더러 꽃처럼 살라고 한다

내 너를 위해 꽃이 된다 한들
향기가 언덕에서 졸고 있어
바람 빠진 풍선처럼 쭈그려져
월하(月下) 미인이 울고 갈 거야

착각

이제 막 방랑은 끝내고
미련 없이 집으로 온다

아쉽고 고달픈 지난날의
보따리를 풀고 침실로 든다

내 살 곳이 여기라면
그대는 어찌하며 좋을까

내 걱정 그만 하시고
그대나 편히 쉬시오 한다

제 **4** 부

상상은 자유

사랑의 깊이

누가 사랑은
깊을수록 좋다기에

얼마나 깊을까
하도 궁금해

그대 가슴에
권척을 가져갔더니

긴 끝만 파르르
떨고 있더라

대관령

동서로 갈라놓는 백두대간
주막에 쉬어가는 옛 선비
장원급제가 눈에 삼삼하다

반정 관망대에는 강릉이
솔 푸른 경포 호수를 끼고
동해 바다로 산책을 나간다

마음 비우고 제 길 가는
초희 언니의 애잔한 속 마음
자신에게 씌워진 누명의
얼룩을 지우려고 넘었던 영

거실 창문으로 들어오는
햇살 따라 굽이굽이 휘어져
이어지는 멀고 먼 고향길

눈 녹아 봄은 더디 오고

골 깊은 초록은 멀고 가깝다
가을은 서서히 산을 오르고
찬바람엔 어머니 품속이 그립구나

대리기사

마음대로 하는 것은 하나도 없고
마음대로 해야 할 것도 딱히 없다
시간 맞추어 오라는 데로 가면 된다

혀 꼬부라진 처음 보는 사람이
건네주는 열쇠를 받아들고
잠시 을이 되어 운전석에 앉아야 한다

국산에다 외제가 섞여 있고
고급 중급 소형 때론 특수도 있다

갑이 원하는 방향으로 가야만 하고
속도도 갑의 취향에 따라야 한다
철저히 을이 끼어들 틈은 차단된다

가정사에서부터 사회전반에 걸쳐
질문을 던지면 바로 답을 주어야 한다
때로는 마음에 없어도

영혼까지 동조자 역할을 해야만 한다

목적지에 도달하면 지폐를 받아들고
짧은 만남은 하차로 끝내야 한다

다음 장소와 도착시간이 알려진다
어떤 색깔의 인간을 만날까
별들이 쏟아지는 아스팔트 위에서
똑 같은 일상이 매일 저녁 반복된다

사막에서

악마의 세파에 짓눌린
너와 나 마음의 짐
잠시라도 내려놓을 공간은
무릉도원인줄 알았는데
엄청나게 엉킨 번뇌만
회오리바람에 올라 타
사막의 모래알처럼 쌓이니
앙금의 골만 깊어져
낙타 등 같이 이분을 이룬다

영감의 샘물이 솟구쳐
생명의 싹수가 피어나서
나무가 자라는 오아시스에서
너와 난 터를 닦아
그림 같은 집을 짓고
모래바람과 구름을 벗 삼아
평생을 살면서
밤마다 별 보고 달 보고

사랑이란 이름으로
세월을 곱씹어 보면 어떨까

상상은 자유

설산에 묻힌 차가운 영혼
인간 만남에 철저히 거절당하고
미라로 만년을 지나고 보니
공자 맹자가 나타나
마이크를 들고 덕망을 가르친다

인도양에 살던 고래 삼형제
태평양으로 즐거운 주말여행을 간다
이렇게 큰 바다는 처음이라
헤엄도 치고 새우도 잡지만
깊이 측정에는 참견하지 못한다

달과 별의 사나운 질투를 보고
견우직녀가 모처럼 사랑싸움을 한다
지구난간에 선 외계인
볼썽사나워 순간을 못 참고
지구 종말은 언제 오느냐 반문한다

왕산골 8월

지루한 장마를 보낸 늦은 8월 어느 날
매미 울음을 자장가 삼아
팽나무 그늘 평상에 앉은 동네 어른들
낮잠을 즐기고 나서 호랑이 하품을 한다

손잡이가 낡은 할아버지의 참나무 지팡이
재산 1호로 등재된 할머니의 4발 밀차
지나가는 건들 매를 불러 앉혀 놓고
삶의 이야기로 꽃을 피우는데
참새 떼는 전기 줄에서 그네를 타며
인간 세상이 부러운지 비꼬아 수다를 떤다

어른들에게 주려고 근수엄마가 들고 온
김이 모락모락 나는 한 양품의 옥수수
하나씩 집어 들고 음계를 짚어 가면
구수하고 노란 하모니카를 불어보지만
소리는 없고 푸짐한 시골인심만 넘쳐흐른다

쓸쓸하다

노란 은행잎 하나가
마지막으로 떨어지거나
잎 진 감나무에
달랑 홍시 하나만 남거나
추수 끝난 들판에서
허수아비가 춤을 추거나
우중충한 하늘아래
낡은 깃발이 펄럭이거나
달빛에 젖은
잔잔한 파도가 울거나
마지막 기차가
떠난다고 기적을 울리거나
군중 속에서
혼자라는 생각이 들거나
가까이 지낸 사람들이
하나 둘 곁을 떠나가거나
삶의 끝자락에
가까이 왔다고 느낄 때에

나는 쓸쓸함을 느낀다

얼굴

보편적으로 말하면 인물
유식하게는 용모
속된 말로는 간판
두꺼우면 염치 체면이 없고
작으면 벼룩의 낯짝일세

곱게 보면 곱상이고
밉게 보면 밉상이고
젊게 보이면 동안이요
늙어 보이면 노안이다

생글생글 아기이고
싱글벙글 기분 좋고
잘 생기면 미인이요
찡그리면 우거지라

생각 따라 마음 따라
천사와 악마가 공존하며

때론 먹칠도 하고
쪽팔리기도 하며
붉기도 하고 반쪽도 되지

장날

비좁은 골목 입구
간판이 어서 오십시오
손님을 맞는다

아리랑의 고장
2일 7일은 장날이다
구성진 가락에
인파가 아수라장이다

좌판에서 상점까지
황기 더덕 도라지에
각가지 약초들이
저마다 문병을 한다

얼큰한 먹자골목
전병에 콧등치기까지
나물밥에 황기막걸리가
산골 인심을 대변한다

전국에서 몰려온 인파
버스나 기차시간 맞추어
보따리를 챙기느라
정신없이 마구 설친다

손님 떠난 장터는
조양강에 시간을 띄우고
텅 빈 마음으로
다음 장날을 기약한다

* 조양강 : 정선 시내를 흐르는 강

지리산 등정

숱한 돌부리에 차이며
수직을 짚고 지리산을 오른다

법계사 젊은 비구니
속세사연에 애꿎은 목탁만 운다

반들반들 윤이 나는 손잡이 나무
사람냄새를 뱉어 낸다

천왕봉, 장터목, 세석, 벽소령, 노고단
어머니 품속 같은 데

여기에 흔적을 남긴다니
나 신선과 한 바탕 놀고 있었구나

제 **5** 부

해변의 별미

간다기에

마음 둘 곳 없다던 그대가
간다기에 빈손으로 보낼 수 없어
얄량한 내 양심 반쪽을 싹둑 잘라서
등짐 속에 넣었더니
너무 무거워서 두고 간다 하더라

진드기처럼 붙어 다니던 그대가
묵은 정 다 떼놓고 간다기에
바람 부는 언덕에서 원망 한 줌 집어다가
옷깃에다 묻었더니 오만 정 다 떨어진다며
한숨에다 푸념까지 늘어놓고 가더라

마음속에 가두어 두었던
그대가 한사코 가야만 한다기에
미련 없이 보내려고
거친 내 영혼 보석인 냥 갈고 닦아
가는 길에 뿌렸더니
그제야 돌아보며 미안하다 하더라

그대와 나

비좁은 내 안에
그대가 들어앉은 날부터
그늘지고 어둡던 내 마음이
새벽 동녘처럼 밝아지고
어수선하던 일상도
차곡차곡 정리 되더라

조금은 가슴 시리고
마음이 아파도
그대를 향한 내 열정이
뒤틀린 거짓과 위선
일그러진 질투와 시기까지
말끔히 치워버린다

야무지게 꽁꽁 얽맸다
슬슬 풀려나 반짝거리는
서운하지 않는 인연에다
탐욕까지 내려놓으니

천년이 찰나 같이 스친다

내 안에 그대만 있다면
언제나 그대 안에는
내가 있다는 것을
영원히 잊지 않기를…

담쟁이덩굴

아주 오래 전
따사한 토담 아래 양지
옆집 순이랑 놀던
소꿉 살림살이
한 잎 따서 입에 물고
엄마와 아빠는
아~이 배불러 하며
냠냠하던 기억이 숨어산다

늙은 소나무 밑동에
거북이 등짝을 닮은
그물을 단단히 얽어매고
여름 내 올라가더니
가을 운동회 날
줄에 매달린 만국기처럼
석양에 물들어
바람에 팔락거린다

각박하고 험악한 세상에
너는 어찌 그리
꽁꽁 얽어 멜 줄만 알고
술술 풀어 줄줄은
왜 나 몰라라 하는가

마음

밖에서는 아무 것도
볼 수도 듣지도 못하는
가슴 속에 숨겨둔
얄미운 성깔 같은 것

갖고 싶은 것
많이 가지면 짐이 되고
스스로 내려놓으면
홀가분해 지는 것

때로는 쓸쓸하거나
즐겁기도 하지만
먹기에 따라
기분이 달라지는 것

열지 않으면
우울증이 발광하고
닫기만 하면

불신의 싹이 튼다

통하면 하나 되고
불통이면 분열인지라
그냥 주고받으면
행운이 달려온다오

사랑의 의미

살을 비비고 배배꼬고 뒤틀어
핏줄이 터지고 괴성을 질러야만 사랑인줄 아는가

눈부시게 보드랍고 하얀 살색이
매끄럽고 촉촉하게 젖어 윤기가 자르르 흘러야하고
울퉁불퉁하게 뭉친 근육에 불끈불끈 솟는
미륵 바위 같은 매력이 있어야만 사랑인줄 아는가

거미줄에 걸러 바람이 불어도 떨어질 줄 모르고
엉덩이춤을 추며 즐길 줄 알아야 사랑인줄 아는가

숨소리가 포개지고 거칠어져 붉게 열을 받아서
가마솥에서 김이 모락모락 나서
사정없이 먹고 싶다고 졸라야 사랑인줄 아는가

아무도 들어오지 못하게 하고 한 손님만 받아서
먹어 봐야 그 맛을 아는
자글자글 끓는 뚝배기가 되어야 사랑인줄 아는가

아니다 사랑이란 것에는
깊이의 권척도 없고 무게의 저울도 없으며
오로지 변함없는 순수한 마음만이 있을 뿐이다

해변의 별미

새벽 바다에서 뭍으로 올라온
팔딱팔딱 뛰는 전어가 도마 위에서
조선제일의 검객을 만나
내리치는 칼에 목이 댕강 날아가고
배가 갈라져 내장이 잘려 나간다

바다에서 그저 신나게 파도를 타며
평범하게 살아온 죄 밖에 없는데
형벌치고는 너무 잔인하다

그래도 분이 풀리지 않는지
검객은 맥 떨어진 놈의 갑옷을 벗기고
촘촘히 살점을 토막 친다

둥글납작한 백자 침대에
얇은 천연 매트리스를 깔고
살점은 상 위에서 손님을 기다린다

초고추장에 썬 마늘과 풋고추를

상추와 깻잎에 싸서 소주 한잔 카~하
그 맛 정말 가관이로다

소낙비

마디마디 뼛골이 쑤시고
온몸이 저려오는 날
불쾌지수의 끝물에
일어나는 마지막 현상이다

미친바람이 지나 가더니
한 여름 바동대는 익살꾼이
삼복 손님을 맞아
후다닥 나체 춤을 춘다

잔뜩 웅크린 먹구름이
삽시간에 허공을 채우더니
때아닌 대낮이
덜 익은 그믐밤을 닮아간다

허공에 벼락이 스쳐가고
굉음이 귀청을 쑤시니
파편 없는 물 폭탄이

사정없이 바닥을 내리친다

옆집 꼬마는 우산에 묻혀
좁은 골목을 굴러가고
초록은 금시 목욕을 하는데
무지개 저편에 서성이는
곱상한 여인네는
어이, 내게로 오지 않는가

죄와 벌

말랑말랑한 어머니의 생명줄을 달고
울음소리로 맨 처음 세상에다
작은 점 하나를 찍은 것이
인간 공장에서 만든 최우수 작품이로다

몸통은 얼마나 살아져야 하고
성장점은 어디에서 멈추어야 하는지
계산대의 수학적 눈금은 지워졌다

누가 최고가 되고 최저가 되거나
그게 아니면 그냥 평범하게
제 관심 밖에서 멋대로 놀다 가든지

검은 도포에 가면 쓴 저승사자가
무섭고 막돼먹은 수행원과 함께
경계선상에서 몰골을 골라잡는다

무시무시한 철문 안에 들어서는 순간

한쪽은 불기둥 아래 뱀들이 우글거리고
다른 한쪽은 꽃밭에서 신선들이 논다

지그시 눈은 감은 옥황상제
저승사자가 보고하는 전생이력을 듣고
지옥과 천당행을 즉석에서 판결한다

전생은 연속되는 단막극이 좌우하나
후생은 행적에 따라 명료하게 결정된다

잠깐 사이

거실에 놓인 투명한 어항에서
언제부터인지는 몰라도
여러 개의 점이 생겨나서
나날이 크기가 달라지더니
어느 새 촐랑촐랑 헤엄을 친다

마당서 먹이를 찾던 어미 닭
알을 품은 지 3주가 지나가자
껍질을 깬 노란 병아리가
귀엽게 삐악삐악하더니
얼마 가지 않아서
어미 닭이 되어 알을 낳는다

헛간을 드나들던 길 고양이
손님처럼 밥 주고 물주고 했는데
인사도 없이 사라지더니
석 달이 지난 어느 날
새끼 세 마리를 달고 나타났다

산부인과병원 신생아실
포대기에 싸인 아기를 바라보는
할머니 할아버지
저게 언제 어른이 될까 하더니
잠깐 사이에 청첩장을 돌린다

여운으로

향기가 서서히 밀려온다

노을 지나서 찾아드는
산촌 저녁 어두움이
호수에 던진
돌멩이의 물결처럼 번진다

음률이 아련히 쓰며든다

깊은 산사 노승이
일생을 두드려온 목탁소리
에밀레종 끝 음절을 닮아
천년의 한으로
가슴 깊숙하게 파고든다

운치가 삼삼하게 닥아온다

그대의 맵시가
나의 감성을 자극할 때면
바늘에 찔린 아픔처럼
순간에 취하여
절박한 노래로 울먹인다

제 **6** 부

옛날이 그립다

순리(順理)

바람이 할퀴고 간 상처에는
무딘 세월이 약이 되고

머리 위에 구름이 몰려들면
비가 오든가 눈이 내리고

산새가 울고 떠난 자리에는
산 도라지가 꽃을 피우고

작은 연못에 던져진 돌은
여운으로 물결을 남긴다

그럴 거예요

만약 그대가
하찮은 날 만나러 온다 하면
만사를 제쳐두고
텃세 부리지 않고 기다렸다가
얼른 대문을 열어줄 거예요

만약 그대가
오랜 방황 끝에 내가 찾는
진흙 속의 진주라면
아무도 훔쳐가지 못하게
방문을 꼭꼭 걸어 잠글 거예요

만약 그대가
알아도 모르는 척 하라면
내 안에 아무도 들지 못하게
마음에 문을 단단히 닫을 거예요

만약 그대가

텅 빈 내 안에 들어온다면
염치 체면을 무시하고
쇠사슬로 단단히 묶어 둘 거예요

돈

누구나 가지고 싶어
몸부림치는 지갑속의 주인공

조금 있으면 더 가지고 싶고
아무리 쌓아두어도 싫증나지 않는
아주 요상한 괴물 같은 것

없으면 삶이 고달프 지고
있으면 더 가지려고 악을 쓰는
싸움꾼들의 중매쟁이 같은 것

내 손에서 벗어나면 쓸모없고
내 손안에 들어오면 기분 좋은 것

이걸 주면 아이 울음도 그치고
팔자도 쉽게 고치는 요물단지로다

이황, 이율곡, 세종대왕, 신사임당

인물값이 각각 달리 매겨진다

그는 배고픈 자는 피해 다니고
재벌 꽁무니만 따라 다니며
양심을 팔면서 얄밉게 꼬리친다

없으면 없는 만큼 처량해지고
많으면 독이 될 수도 있기에
다들 적당히 가지고 살면 좋겠다

마음 한 그루

(1)
봄이 돌아오면 만나자고 한
깊은 밤의 그 약속
유효기간이 지난 지 수 십년
선뜻 지워지지 않는
얄궂은 과거 속에다
보석처럼 꽁꽁 숨겨두고
나 홀로 속절없이
가슴 조이며 애간장을 태웠다

호수에 달뜨면 만나자고 한
애달픈 사랑의 맹세
차갑고 매서운 긴긴 세월
혼자 감내하기 너무 힘들어
마음에 문을 닫아걸고
눈 감고 귀 막아
긴긴 세월 무심히 보냈더니
나를 채울 여백이 없어졌더라

이제는 잘 익은 그대가
이슬 맞고 함초롬히 서있는
이름 모를 한 떨기 풀꽃처럼
너무나도 보고 싶어
못 잊는 다는 심사가 발동하여
내 마음 한 그루를
마지막 남은 여백에다
야무지게 심어볼까 하노라

(2)
스산하고 깡마른
비좁고 애잔한 내 가슴팍에
괭이로 콕콕 쪼아
깊게 구덩이를 파고
완숙한 밑거름을 가득 넣고
그대의 청순하고 아름다운
마음 한 그루를
꼭꼭 정성스럽게 심을 것이다

지구 자전과 공전이
수 없이 돌고 또 돌아서
어지러워 쓰러지더라도
두려워하지 않고 잘 심은
그대 마음 한그루에
물주고 비료 주어
보란 듯이 실하게 길러
사랑의 열매를 얻을 것이다

어찌하라고

그저 그냥 오는 줄만 알았던가
보고 싶은 사랑이

그저 그냥 주는 줄만 알았던가
불같이 뜨거운 사랑을

그저 그냥 받는 줄만 알았던가
가뭄에 허기진 사랑을

예쁘게 잘 영글은 사랑 묶음을
그대 침실에 밀어 넣었더니
보지도 아니하고 돌아눕더라

어차피 까닭이 붙어서
영글 수 없는 사랑 이였다면
주거나 받지를 말든지
이제 와서 날 더러 어찌하라고

백일홍

새들이 앞장서는 산책길에서
나, 너를 만난다

눈 먼 사내를 꾀어 통째로 삼키려고
송이송이 어울러 곱기도 피었구나

바람에 실려 산머리를 돌아
달아나는 구름 그림자를 불러 들려
무더기로 가지마다 촘촘히 피어
미소 섞인 향기로 인사하니
참으로 영악하고 너무나 보배스럽다

엷은 분홍 면사포를 한들거리며
부러워하는 시선에 초점을 맞추어
아름다움과 찬란함을 엄청 과시한다

날씨가 용광로보다 더 뜨겁다

삼복 한 철 백일 동안 미소 짓는
너의 화려한 그 자태에
통나무인 마음도 서서히 흔들린다

솔

살이 깊은 흙에서는
하늘 높은 줄 모르고
곧고 매끈하게

바람 부는 언덕에는
땅 넓은 줄 몰라서
작달막하고 펑퍼짐하게

바위틈에서는
겨우 연명한 가난뱅이로
노르스름한 난장이가

파도치는 바다 가에는
짠 맛을 받아먹고
늙은이처럼 꼬부라져

어쩌면 그들은
삶의 마지막 목적지가

서로 서로 달라서
더욱 품위 있어 보인다

옛날이 그립다

내 주변은 모두 먹통이다
안방 친구가 밤낮 없이 짖어 대더니
그만 병이 나서 제 역할을 못한다
왕진 의사를 불러야 한다
기억을 더듬어 손에 든 숫자판을 두들긴다
지금은 대기자가 많으니 다시 걸어 주세요
성질머리가 급한지라 연신 두들겨 패 댄다
이번에는 홈페이지로 가라한다
제기랄!
그 곳을 갈 줄 안다면 왜 이 고생을 한 담
혼자 시부렁거린다

천신만고 끝에 만난 나근나근한 여자 목소리
두루두루 가전제품 이름을 불러대면
숫자로 찍으라고 한다
더듬더듬 머뭇머뭇
시간이 초과했으니 다시 시작 하세요
그렇다 무사히 이 고비를 넘겼더니

이번에는 본인여부를 확인해야 한다면서
주민등록번호 앞자리와 우물 정자를 누르라 한다
뚜꺼비 파리 잡아 먹 듯이 번호를 누른다
끝나기도 전에 다시 시간 초과를 알려온다
간신히 여보의 도움으로 통과한다
여기까지가 끝인 줄 알았는데
다시 제품번호와 우물정자를 누르라 한다

더 이상 참지 못하고 숫자판을 내 팽개친다
여기까지는 요즘 말로 숨 막히는 신경전이다

여보!
아무나 이것 좀 잘 하는 사람을 불러다오
주변은 다 먹통이다 나 보다 더 먹통이다
하는 수 없이 발품을 팔기로 하고
물어 시내에 있는 전자제품 판매사로 간다
고객 TV는 우리 회사제품이 아니니
다른 데로 가라한다

나의 모든 것이
무지와 슬로우 비디오라 정말 불편하다

아~ 옛날이 그립구나

알밤

진한 향기에서 태어나
가지마다 매달린
고슴도치 사촌들
꽃은 아니지만 송이송이
가슴 터져 빨갛다

서늘한 갈바람에
한들거리는 송이송이
드디어 껍질 벗고
밤색 몽돌 두 알이
툭하고 맨 땅에 헤딩하니
약삭빠른 다람쥐가
얼른 달려와서 물고 간다

피를 훔친 도둑

짜증나는 더위를 보내려고
바람이 창문을 가볍게 넘어간다

달도 별도 숨은 비오는 그믐밤
내 침실을 무단 침입하여
주사기를 손등에 꽂아 피를 뽑아서
앵~앵하고 떠나는 놈을 향하여
직감적으로 오른손이
왼손 등을 사정없이 내리친다
벼락 맞아 죽은 자는 없고
실없이 손등만 아프다

찰나에서 순간으로 이동하여
나는 LED 등을 밟히고
소리를 따라 희미한 곳을 헤맨다
분노가 하늘을 찌르자
기어코 도둑이 숨어버린 공간에다
살생 분무기를 치~익하고 뿌린다

하찮은 생명 하나가
침실 바닥에 무참히 쓰려진다

잠시를 못 참아 보복 살인을 하다니
참 어처구니없구나
살생유택(殺生有擇)이라 했거늘
이래도 되는 건지 헷갈린다
다시 불을 끄고 곰곰이 생각한다
그대로 둔다 하여도
그 놈은 내일이면 어차피 죽을 놈이라
난 후회 하지 않기로 한다